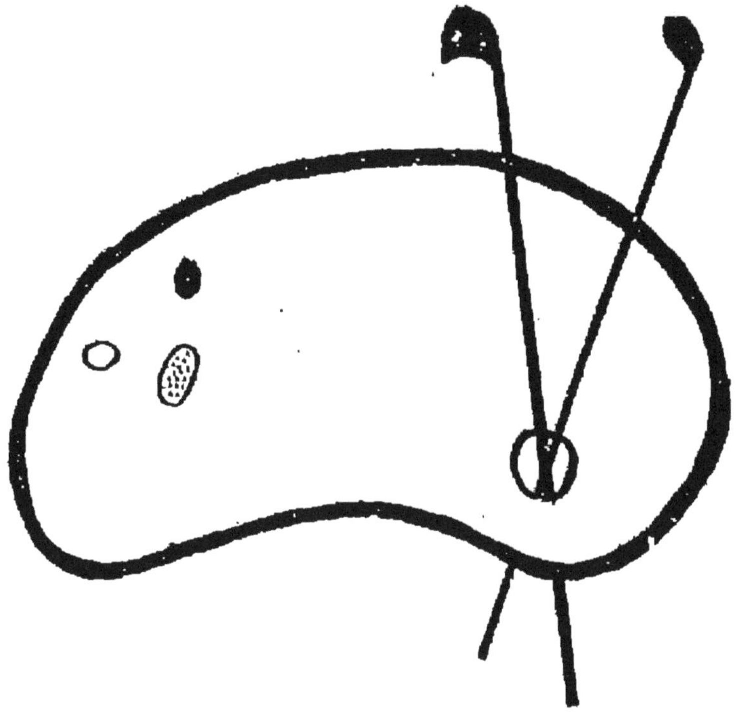

ORIGINAL EN COULEUR
NF Z 43-120-8

VALABLE POUR TOUT OU PARTIE DU DOCUMENT REPRODUIT

125

1860 (3 novembre)

NOTICE

D'ESTAMPES

ANCIENNES ET MODERNES

De Diverses Écoles

PORTRAITS, ORNEMENTS

DESSINS

DE

DÉCORATIONS THÉATRALES & AUTRES

Provenant de M. HUOT, Peintre d'Histoire,

MORT EN RUSSIE

DONT LA VENTE AURA LIEU

HOTEL DES COMMISSAIRES-PRISEURS

Rue Drouot, n° 5

SALLE N° 6

Le Samedi 3 Novembre 1860

A UNE HEURE PRÉCISE

Me **DELBERGUE-CORMONT**, Commissaire-Priseur,
rue de Provence, 8;
Assisté de **M. VIGNÈRES**, marchand d'estampes,
rue de la Monnaie, 13, à l'entresol, entrée rue Baillet, 1,
Chez lequel se distribue la Notice.

PARIS

RENOU & MAULDE

IMPRIMEURS DE LA COMPAGNIE DES COMMISSAIRES-PRISEURS
rue de Rivoli, 144.

1860

125

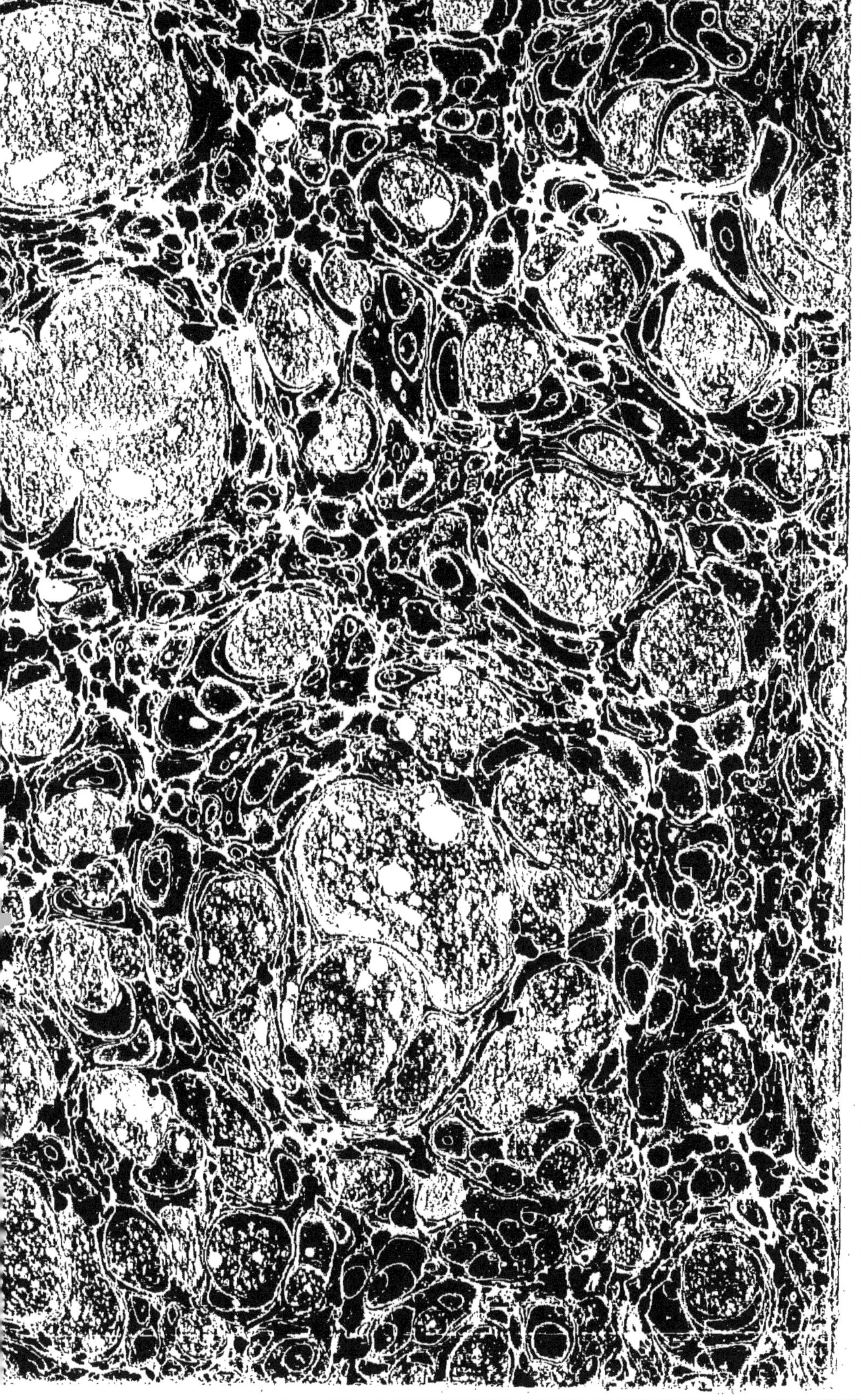

NOTICE
D'ESTAMPES

ANCIENNES ET MODERNES

De Diverses Écoles

PORTRAITS, ORNEMENTS
DESSINS

DE

DÉCORATIONS THÉATRALES & AUTRES

Provenant de M. Huot, Peintre d'Histoire,

MORT EN RUSSIE

DONT LA VENTE AURA LIEU

HOTEL DES COMMISSAIRES-PRISEURS

Rue Drouot, n° 5

SALLE N° 5

Le Samedi 3 Novembre 1860

A UNE HEURE PRÉCISE

Me DELBERGUE-CORMONT, Commissaire-Priseur,
rue de Provence, 8,
Assisté de M. VIGNÈRES, marchand d'estampes,
rue de la Monnaie, 13, à l'entresol, entrée rue Baillet, 1,
Chez lequel se distribue la Notice.

PARIS
RENOU & MAULDE
IMPRIMEURS DE LA COMPAGNIE DES COMMISSAIRES-PRISEURS
rue de Rivoli, 144.

1860

CONDITIONS DE LA VENTE

L'ordre du Catalogue sera suivi.

On commencera à une heure précise.

Les attributions de l'amateur ont été conservées pour les Dessins.

La vente sera faite au comptant.

CINQ POUR CENT en plus des enchères, applicables aux frais.

M. VIGNÈRES, faisant la Vente, se charge des Commissions.

NOTA. Toute commission sans prix fixé ou sans limite déterminée sera regardée comme nulle.

M. VIGNÈRES se charge de faire marquer les prix aux Catalogues des ventes qu'il a faites : les amateurs qui le désirent peuvent s'adresser à lui *franco*.

Plusieurs Amateurs éloignés en ont reconnu l'utilité pour les guider dans leurs achats sur les valeurs des Estampes.

Pour rendre service aux personnes ayant le goût des Arts et des Collections, MM. les Amateurs qui reçoivent des Catalogues sont priées de les communiquer à leurs amis.

[illegible] Hérard

						31 %			
payé	Mad. Huot	266	25	4f 1		84	35	187	90
		6		Bord. 49	95				
payé	Dubuissong	133		2f	50	41	75	91	25
payé	Lefort	87	25	1f montag.	50	27		59	75
payé	Leroy	43		Bord.		13	35	29	65
payé	Savy	42				13	02	29	00
payé	Jouas	39	50			12	25	27	25
payé	Covillard	21	75			6	75	15	
payé	Maygotie	19	75			6	15	13	60
payé	Marais	17				5	30	11	70
payé	Gihaut	15				4	65	11	35
payé	Arozarena	14	50			4	75	9	75
payé	Gigoux	13	75			4	25	9	50
payé	Charvin	9	75			3	05	6	70
payé	De Baillon	7	25			2	25	5	
		729	75						

DÉSIGNATION

DES

ESTAMPES

1 **Adam** (Victor). Le Bien et le Mal. 44 p.

2 **Amman** (Josse). Batailles, etc. 9 p. en bois.

3 **Anonyme**. Éventail avec trois sujets de pastorales.

4 **Baudouin** (d'apr.). Les Amours villageois, par Choffard.

5 **Bellanger** (d'ap.). En serons-nous, Sire? et autres. 10 p.

6 **Benoist** (Ph.). Souvenirs de Fontainebleau, lithog. 7 p. à deux teintes.

7 **Bois**. Épr. chine volant, la plupart Histoire des peintres. Environ 90 p.

8 **Bois découpés**. Plus de 300 p. modernes.

9 **Bois**. Lettres anciennes et Sujets. 305 p. sur neuf feuilles.

10 **Bonnard**. 12 Césars en pied. — 12 Césars à cheval. 24 p. coloriées, rehaussées d'or.

11 — Les Muses. 6 p. en noir.

12 **Boulanger** (Louis). La Saint-Barthélemy. Charles IX à sa fenêtre. — Les Fantômes. 2 grandes lithog. Rares.

13 **Callot** (d'apr.). Balli di sfessania. 25 p. — Noblesse, Tentation de saint Antoine, etc. 44 p.

14 **Cauvet**. Frises d'ornements. 4 p.

15 Caricatures anglaises, coloriées, collées sur carton et vernies. 21 p.

16 Caricatures diverses, noires. 24 p.

17 Costumes, armures, sujets gracieux, etc. 50 p.

18 Costumes allemands et autres. 12 p.

19 **Charlet**. Gavarni, Géricault, Roqueplan, H. Vernet, etc. 40 p.

20 **Cornilliet**. Le Contre-amiral Dupetit-Thouars. Manière noire. Beau portrait.

21 **Coypel** (d'apr.) Sujets de Don Quichotte, etc. 8 pièces.

22 **Demarteau**. Sujets sanguine, d'apr. Boucher. 6 p.

23 **Demarteau et autres**. 5 p. Sanguine et couleur.

24 **Drouais** (D'apr.). Jolie petite fille faisant des bulles de savon et jouant avec son chat, par Boizot. Avant toute lettre, toute marge.

25 **École allemande**. D'apr. Durer, etc. 6 p.

26 **École anglaise**. King John, par Ryland. Lettre grise. — Bataille d'Agincourt. — 2 grandes vues du Niagara, proof. 4 p.

27 **École flamande**. D'après Rembrandt, Rubens, Teniers, etc. 32 p.

28 — D'après Goltzius, Rubens, Teniers. 26 p.

29 — Galerie de Rubens. Portraits et Sujets coloriés. 34 p. 3 75

30 **École française**. D'après Aubry, Baudouin, Boucher, Bourdon, Pierre, etc 28 p. Pourra être divisé. 3 50

31 — Boucher, Challe, Lancret, etc. 7 p. 3 45

32 — Boissieu, Hoin, Taraval, Watteau. 14 p. 2 50

33 — Cochin, Moreau et autres. 50 p. 1

34 — Sujets divers de l'École française. 7 p. 1 75

35 **École française**. Sujets de tabatières, sujets gracieux divers. 32 p. Sera divisé. 9

36 — 6 p. coloriées et bistre. 1 25

37 **École italienne**. D'après Carrache, Guide, Raphaël. 55 p. Pourra être divisé. 8

38 — Carrache, Della Bella, Lanfranc. 20 p. 1 50

39 — La Salle des loges au Vatican. — Composition par P. Testa et autres. 20 p. 4 25

40 **Edelinck**. Bossuet, 1er état, petit in-fol. 2

41 — La Madeleine. — L'Air. 2 p., d'après Lebrun. 1 50

42 **Garneray**. Marines. 9 p.

43 — Bordeaux, Brest, Cette, Cherbourg, Dieppe, Dunkerque, Fécamp, Havre, Honfleur, Nantes, Quillebeuf, Rouen, Anvers, la Havane, Andaye, etc. 17 p., la plupart avant la lettre, en couleur, retouché par l'artiste. 7

44 — Vues de ports de mer. Avant la lettre. 33 p. Sera divisé. 3

45 **Gellée** (Claude-Lorrain). Port de mer à la grosse tour. R. D. 13. 3

46 **Ghisi**. Les Quatre plafonds en hauteur et autres. 8 p. 2 50

47 **Girardet**. Le Centaure et l'Amour. Épr. avant toute lettre, avec retouches à la mine de plomb.

48 **Girardon** (D'apr.). Grand Christ en 3 feuilles.

49 **Green**. Le Jeune homme et le Requin. Sauvetage du *Centaure*. Combat naval. En tout 4 p.

50 **Greuze** (D'apr.). La Jeune nourrice. Avant la lettre. — La Petite mère, par Moitte. 2 belles ép. marge. — La Voluptueuse offrande à l'Amour. L'Heureux ménage. — La Piété filiale. Exemple d'humanité. 8 p.

51 — Le Fils puni. Très-petite pièce.

52 **Hedouin**. D'apr. Leleu, 1850. La Patrouille à cheval. Très-belle eau-forte.

53 **Heer** (G. de). Le May. Fête de village. Sur vélin. Rare.

54 **Huet** (D'apr.). Les Laveuses. — Les Pêcheurs. 2 jolis paysages, rehaussés de couleur, par Jubier.

55 **Huot**. Portrait d'Émile Contant, décorateur. Lithog.

— Tableaux de la galerie de l'Ermitage. Environ 40 p. lithographiées.

56 **Lairesse** (G. de). Compositions diverses, Bacchanales, etc. 31 p.

57 **Lalonde**. Lits, Trophées, divers. 7 p.

58 **Lancret** (D'apr.). La Terre. — l'Air. 2 p.

59 **Larmessin**. Le Fleuve Scamandre, d'apr. Boucher. — Frère Luce. — La Jument. — Le Villageois. 3 p., d'apr. Vleughel. En tout, 4 Contes de La Fontaine.

60 **Lemesle** (D'apr.). Histoire de Lazarille. 11 p.

61 **Le Prince.** Satyres et bacchantes gardant des bestiaux. — Le Joueur de Balalaye. Avant la lettre. — L'Épitre rendue. 3 p.

62 **Lithographies.** Sujets divers. 26 p.

63 — Angélique, par Sudré. — Psyché. — Sœur de charité et autres. Seront divisés.

64 — Chasses. — Voitures. — Vues de Paris. 12 p. Noir et couleur.

65 — Paysages. — Vues. — Chasses, etc. 45 p.

66 **Marillier.** Nouveaux trophées ou Cartouches des arts et des sciences. 13 p.

67 **Marinus.** Adoration des bergers, d'apr. Jordaens.

68 **Massard.** Sainte Madeleine, d'apr. G. Segers.

69 — Supplice de Charles Ier, d'apr. B. Picart.

70 **Mauperché** et **Morin.** 2 paysages.

71 **Miger.** Portrait d'Hubert Robert, peintre. Avant la lettre.

72 **Moreland.** Sujets familiers 6 p.

73 **Nash.** Architecture du moyen âge, Vues en Normandie. 23 p. lithographiées à 2 teintes.

74 Ornements, entourages, plafonds, etc. 8 p.

75 **Ostade.** La Joueur de violon et le Petit vielleur. Belle. B. 45.

76 — La Fête sous la treille. B. 47.

77 **Oudry** et **Desportes.** 4 sujets de chasse.

78 **Pater.** Le Désir de plaire. — Le Plaisir de l'été. 2 p., par Surugue.

79 **Perfetti.** La Présentation au temple, d'après Fra Bartholomeo.

80 **Pontius.** La Fuite en Égypte, d'apr. Jordaens.

81 **Portraits** de rois de France et autres. 40 p.

82 — Rois de France, de Pharamond à Louis XV. Broché. Col. Larmessin.

83 — Napoléon et autres. 20 p.

84 — Napoléon et autres. 38 p.

85 Portraits lithographiés. 7 p.

86 Œuvre de Gérard : portraits en pied, bustes et sujets. Environ 50 p. Sera divisé.

87 Portraits, d'apr. Van Dyck, Mignard, etc. 7 p.

88 **Portraits russes** : Nicolas, le grand duc Constantin, Boulgarin, Gorgoly, M. Pawlovitch, Strogonoff, etc. 30 p.

89 — Mesdames Kratikine, comtesse Tostoy, Helena d'Angry, de Roissy, la grande duchesse Catherine et Marie, Alex. Federowna, le roi et la reine de Danemark, etc. 20 p.

90 — Autres portraits divers. 16 p.

91 **Poussin** (D'apr.). Paysages. — Les Quatre cavaliers et Vierge, d'apr. Champagne. 7 p.

92 **Raffet**. S. A. R. M. le duc d'Aumale en pied. — Le Colonel du 17e léger, 1841. — Le Drapeau du 17e léger, 1841. 3 p. Belles épr.

93 — Combat d'Oued-Alleg. Très-belle épr.

94 — Napoléon à cheval. Petit format. — A nous ! 2e léger. — L'Embuscade. — Le Lendemain et autres. 10 p.

95 **Rembrandt**. Lazare, Descente de croix, etc. 5 p., par et d'après.

96 — Ephraïm Bonus. Photographié.

97 **Reynolds** (D'apr.). Lord Morpeth, par Trotter.

98 **Rouargue**. Vues de Venise. Lithographiées. 16 p. et texte.

[illegible] 1

[illegible] 3 75

[illegible]

[illegible] 25

[illegible] 188[illegible]

13 75

99 **Rouhaux**. Abd-el-Kader. — Généraux d'Afrique, etc. 15 portraits lithographiés.

100 **Ruysdael** (J.). Le Petit pont. B. 1. Belle épr.

101 **Sadeler** (J.). Les Planètes. 8 p.

102 **Salembier**. Ornements, Frises enroulement. 6 feuilles à deux motifs sanguine.

103 **Suyderhoef**. La Paix de Munster, d'apr. Gérard Terburg.

104 **Tempesta**. Histoire des sept enfants de Lara, d'apr. Otton van Veen. 40 p. et titre texte.

105 **Velde** (J. V. de). Histoire de Tobie, d'ap. Uitembroeck. 4 p.

106 **Vernet** (par et d'ap. Horace). Sujets militaires, chasses, portraits, etc. 15 p.

107 **Vignettes** de Cochin, Leclerc, etc. 14 p.

108 **Vignettes anglaises**. Espagne. 75 p. dont 20 bois.

109 **Watteau** (d'ap.). La Sultane, tête, costumes. 8 pièces.

110 **Weirotter**. Les Douze mois de l'année.

111 Alphabets tirés de Silvestre, 60 feuilles grand papier.

112 Animaux, d'après les anciens maîtres. 50 p.

113 — Lithographies, par V. Adam, etc. 30 p.

114 Sujets divers, gravés et lithog. 45 p.

115 Soixante pièces au trait, Faust et autres.

116 Quarante-six pièces, archéologie, etc.

117 Compositions diverses écoles. 50 p.

118 Panoramas de Paris, Londres, Saint-Pétersbourg, Rome, etc. Un très grand nombre sera divisé en plusieurs lots.

119 Cartes de France, de chemins de fer et autres.

120 Les objets non catalogués.

DESSINS

121 Environ 100 dessins, études d'après l'antique, têtes, académies, crayons et lavis. Seront divisés.

122 Études de fleurs, fruits, têtes, sanguine et crayon, 25 pièces.

123 Bouquets de fleurs, aquarelles. 4 p.

124 École française, sanguine et autres. 4 p.

125 Dessins d'étoffes pour fabrique ; un fort lot.

126 Dessins d'ornements, paysages, sujets religieux et autres. Environ 90 p. Seront divisés.

127 Ornements moresques, détails. 5 aquarelles.

128 Monument, au crayon, par André Durand et autres, aquarelle, 8 p.

129 Marine, aquarelle signée *Quorry*.

130 Marine, mine de plomb graduée, *Loua*.

131 ANONYME. Temple d'Agrigente et Pestum. 3 aq.

132 — Environ 20 dessins de diverses écoles. Pourront être divisés.

133 — Portrait charge de Mlle *Rabut*, avec son nom en rébus. Aquarelle.

134 BEAUVARLET. Molière, d'ap. Bourdon, mine de plomb, a servi à la gravure.

135 BOURGOT (Ferdinand). Idées de décorations pour l'opéra des *Bardes*. 5 p. au bistre.

136 CHARON. Saints et sujets religieux, 12 p. crayon, lavé.

137 — Portraits et exécution militaire. 7 p. bistre.

[illegible] [illegible]

[illegible] [illegible]

[illegible]

[illegible]

[illegible]

[illegible]

[illegible]

138 — Chemin de croix. 14 compositions esquisses au crayon.

139 CONTANT (Émile). Décors, décorations, toiles de fond, intérieurs d'appartements, etc. 20 aquar.

140 — Croquis de décors, ornements, calques d'arabesques de Watteau et autres. 40 p.

141 — Plafond rond de théâtre, avec 4 fig. allégoriques, France, Allemagne, Espagne, Italie, riche ornementation. Aquarelle.

142 — Plafond ovale de théâtre, avec fig. allégoriques, la Musique et le Chant. Aquarelle.

143 — Deux rideaux de théâtre différents. 2 aquar.

144 — Décorations de loges. 7 aquarelles.

145 — Quart de plafond rehaussé d'or, très-riche. Aquarelle.

146 DELARUE, 1765. Le maréchal de Saxe commandant à Fontenoy, plume, lavé à l'encre.

147 DESRAIS. Histoire d'Atala et Chactas, les Parties du monde, etc. 16 p. plume lavée.

148 — Histoire d'Esther. 20 p. plume lavée.

149 EISEN. Tête de vieillard dormant. Sanguine.

150 GRAVELOT. Têtes de pages, vignettes avec sujets d'enfants, etc. Plume, lavis au bistre. 8 p.

151 HUOT. Intérieur d'appartement chez le comte Cheremetieff. 2 dessins sépia.

152 — Palais de l'Impératrice, à Peterhoff, 1846. 7 dessins crayons et aquarelles.

153 — Portraits de personnages russes. 4 p. au crayon.

154 — Esquisses de compositions à la sépia, pour fables, sujets familiers, etc. 18 p. Pourra être divisé.

155 — Croquis, calques, etc. Environ 100 dessins. 2 lots.

156 NUMA BASSAGET. Sujets de baigneuses. 8 p. bistre.

157 SCHOUMANN. Marines, effet d'hiver et d'été. 2 très-beaux dessins à l'encre.

158 TASSAERT. Sujets religieux. 10 p. plume, lavé.

159 VIGLIANIS, etc. Paysages crayon noir. 19 p.

160 Nombre de portefeuilles vides. Plusieurs lots.

Renou et Maulde, imprimeurs de la Compagnie des Commissaires-Priseurs, rue de Rivoli, 144. 13250

118

Vente Gruyter

5.	Aquila fete	Marlan	4	
8.	Ordel jeunne Sinplabe	Olivier	2	
25.	Thomas a Kempis		2	25
62	Chemin Jésus	Sambuit	5	
71	Duclos		10	
82	Hobbema	Moreau	1[illegible]	
101	Garnier	Mailand	3	
122	Vendome	Moreau	4	
136	Landry Geulin	Cte de Gamel	[illegible]	
154	Nanteuil Barbarin	Sambon	9	
183	Copie B. Dix	Robertson x	4	
194	Peone	Flavini	8	
223	Vinkel	Mailand	10	
234	Bey..	Mailan	8	
245	Zeeman	Allirir	5	
11	Attelyn	Duval	6	
95	Drielst	Duval	9	
326	Quellinus	Duval	11	
418	Troost	De Roux	9	50
452	Waterloo	Duval	17	
			151	75
			7	50
			f 159	25

125 Vte Huot

20	Cornillon du petit Clouan		1	50
24	Drouais	Olivier	2	
45	Cl. lorrain	Olivier	3	
49	Green 4 marine	Olivier	2	
75	Ostade		1	25
78	Pater	Olivier	6	
83	napoleon 20.		4	
85	portraits 7.		1	50
86	Gerard 20.		7	
88	Russes 30		6	50
89	d° 20		4	25
92	Raffet 3 p.	Couturier	7	50
102	Salembier 11 p.	Berard	11	
103	~~Snyderhoof~~ [illegible]	Olivier	6	
106	H Vernet 15		3	
118	4 Panorama	Berger	1	50
—	13 Panorama		7	
120	15 p.		3	50
136	Charon 12 p.		10	
139	Contant 20 aqua	Berard	9	50
140	40 decors	Bosson	6	
142	Plafond	Berard	13	
143	rideaux	Berard	10	
144	7 loges	Berard	33	
145	1/2 plafond	Berard	20	
150	Gravelot 4 p.	Berard	29	
157	Schouman	Duval	10	

www.ingramcontent.com/pod-product-compliance
Ingram Content Group UK Ltd.
Pitfield, Milton Keynes, MK11 3LW, UK
UKHW012123240726
13965UKWH00005B/1928